D 6.

Bethany

*Al gran fabulador, mi padre.*
*Y al gran maestro, Stevenson.*

*Primera edición: abril 2004*
*Cuarta edición: septiembre 2006*

Dirección editorial: Elsa Aguiar

© del texto: Juan Farias Huanqui, 2004
© de las ilustraciones: Rocío Martínez, 2004
© Ediciones SM, 2004
  Impresores, 15
  Urbanización Prado del Espino
  28660 Boadilla del Monte (Madrid)
  www.grupo-sm.com

CENTRO INTEGRAL DE ATENCIÓN AL CLIENTE
Tel.: 902 12 13 23
Fax: 902 24 12 22
e-mail: clientes@grupo-sm.com

ISBN: 84-348-6133-X
Depósito legal: M-32994-2006
Impreso en España / *Printed in Spain*
Orymu, SA - Ruiz de Alda, 1 - Pinto (Madrid)

EL BARCO  DE VAPOR

# Matilde y las brujas

Juan Farias Huanqui

Ilustraciones de Rocío Martínez

Verruga, Grosera y Viruela
eran las tres brujas más horribles,
verdes  y peores de toda la comarca.
   Se lo pasaban en grande
asustando a la gente,
sobre todo a los niños.

    Iban de pueblo en pueblo
haciendo brujerías
hasta justo antes del amanecer,
porque si les daba la luz
podría pasarles algo malo:
que se les cayera la verruga
o que se volvieran buenas
y dieran los buenos días
a un desconocido.
Incluso podrían dejar de ser verdes
y malvadas.

Por eso,
justo antes de salir el sol,
se convertían en animalitos repugnantes
y se escondían debajo de las piedras
o entre las raíces de una planta venenosa.

Las tres brujas creían
que tenían atemorizados
a todos los niños de la comarca.

Pero un día se tropezaron con Matilde,
metieron sus largas y afiladas narices
donde no debían,
y así les fue.

Matilde era la hija del panadero.
La hija del panadero tenía dos coletas
y era bajita y sonriente.

Matilde se pasaba las tardes
leyendo cuentos de brujas,
de princesas encantadas
y de dragones.

Le encantaba leer cuentos,
sobre todo de fantasía.

Matilde no creía en las brujas.
Verruga, Grosera y Viruela lo sabían
y cuando pensaban en ello
se enfadaban muchísimo.
Les parecía una falta de respeto.

—¿Qué se habrá creído
esa estúpida niña?
–solía decir Verruga.

—Es asqueroso,
tiene sueños azules y divertidos
–añadía Grosera.

Una noche de brujas,
decidieron que había llegado la hora
de arreglar el problema.

Entonces se sentaron a pensar.
Pensaron tanto
que se pusieron más verdes
de lo que ya eran.

Las brujas son todas un poco tontas
y les cuesta mucho pensar.

—Tengo una idea
–dijo Verruga.

—¿Cuál?
–dijo Grosera,
enfadada porque a ella
no se le había ocurrido nada.

—Preparar la peor y más horrible
de las pesadillas infantiles.

Grosera y Viruela
tuvieron que reconocer
que era una idea excelente.
Enseguida se pusieron manos a la obra.
Se reunieron alrededor
de un enorme caldero
y encendieron el hornillo.

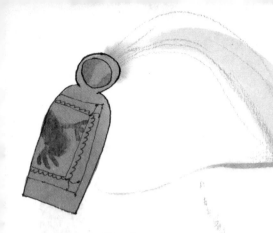

—¿Qué os parece
si echamos un par
de sombras tenebrosas?
–dijo Verruga,
que era una mandona.

—¡Qué buena idea has tenido!
¿Qué te parece si añadimos un puñadito
de termitas escandalosas?
–añadió Viruela.

—Excelente idea, queridas amigas,
pero que no se os olvide
una pizca de fantasmas llorones.
¡Hay que darle un toque musical
a nuestro guiso!
–dijo Grosera.
　　Las tres tenían ideas horribles.

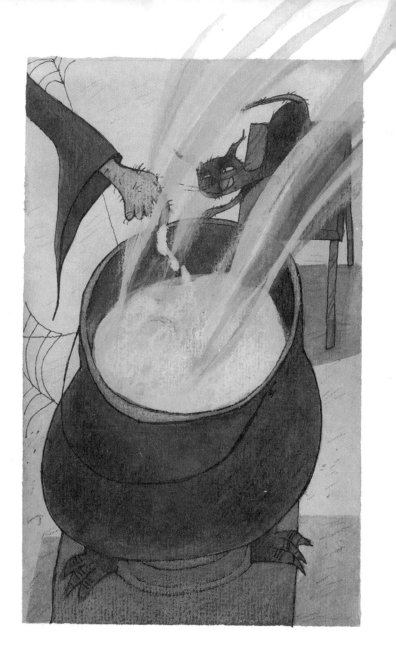

Se pasaron toda la noche
cocinando la pesadilla.

Cuando empezó a oler mal,
Verruga metió un dedo en el caldero
y se lo chupó.

—Riquísima,
está en su punto.

Al anochecer
las tres brujas se montaron
en sus escobas
y salieron volando
por la chimenea
dando terribles alaridos.
    Un búho que las oyó
se escondió dentro del cubo de la basura
y se quedó allí toda la noche.

Sobrevolaron todos los tejados
del pueblo
y cuando llegaron a la casa de Matilde,
se asomaron por la ventana.
Matilde estaba sentada en su habitación
recortando papeles.

—Mira, ahí está Matilde,
qué cara de empollona tiene,
me dan ganas de vomitar.
    —Con esa pinta
seguro que es la mejor de su clase.

—Ha llegado la hora
de que pruebe nuestra pesadilla
–dijo Grosera.

Todas estuvieron de acuerdo.

Las tres brujas aterrizaron en la azotea
de la casa de Matilde
y bajaron hasta la ventana
por la tubería del desagüe.
Matilde oyó un ruido,
se acercó a la ventana
y se puso a escuchar
lo que decían las brujas.

—Venga, Verruga,
saca de una vez
el tarro de pesadillas de la mochila
y vamos a escondernos
–dijo Grosera.
    —Ya voy,
doña Prisas
–se quejó Verruga.
    Las brujas dejaron el tarro
en la ventana,
atado con una cuerda,
y volvieron a subir a la azotea.

Matilde se asustó muchísimo
y, de un salto,
se metió debajo de las sábanas.

—Mamá, mamá, ven corriendo,
unas brujas han dejado en mi ventana
un tarro lleno de pesadillas –gritó.

—No digas tonterías y duérmete.

—Que sí, que es verdad.
Sube, por favor.

La madre de Matilde se enfadó
porque en ese momento
estaba leyendo un libro entretenidísimo.

Se levantó del sillón
y subió hasta el cuarto de su hija.
　—A ver, ¿dónde está
ese tarro lleno de pesadillas?
–preguntó.
　Matilde sacó una mano
de entre las sábanas
y señaló la ventana.

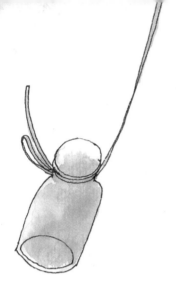

Entonces,
las brujas tiraron de la cuerda
y subieron el tarro hasta la azotea.
    La madre de Matilde abrió la ventana
y sacó la cabeza.
    —¿Ves? Aquí no hay nada,
así que duérmete de una vez.

Cuando la madre de Matilde
apagó la luz,
las tres brujas comenzaron de nuevo
a bajar el tarro de las pesadillas.

Verruga dio un silbido
y llamó a la pesadilla.

—Horrible pesadilla,
sal de tu tarro
y asusta a la tonta de Matilde
por un buen rato.

Un humo verdoso comenzó a salir
lentamente del frasco
y a colarse por la ventana.

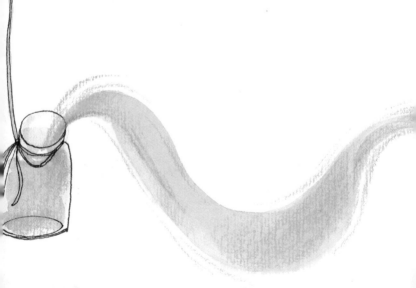

La luz estaba apagada
y Matilde no podía ver nada,
pero enseguida empezó a oír
a los fantasmas llorones.

Matilde tenía mucho miedo.
Encendió la lámpara,
pero no vio nada.
Revisó el armario,
miró debajo de la cama,
pero no encontró ni rastro
de los fantasmas.

A los fantasmas llorones
no les gusta la luz
y habían regresado al tarro.
   —Ya está bien,
métete en la cama de una vez
–dijo su madre desde el salón.
   Matilde tenía mucho miedo,
pero obedeció.

Las brujas volvieron a llamar
a la pesadilla.
Se lo estaban pasando pipa
asustando a la pobre Matilde
y a su gato.

—Horrible pesadilla,
sal de tu tarro
y asusta a Matilde
por otro buen rato.

De nuevo el humo verdoso
comenzó a colarse
por las rendijas de la ventana.

De pronto,
la madera del suelo empezó a chirriar,
¡las termitas escandalosas!
Matilde estaba aterrorizada
y se pasó toda la noche
sin poder dormir.

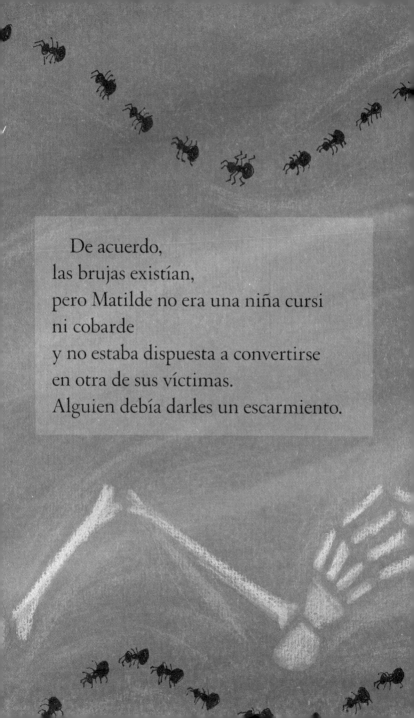

De acuerdo,
las brujas existían,
pero Matilde no era una niña cursi
ni cobarde
y no estaba dispuesta a convertirse
en otra de sus víctimas.
Alguien debía darles un escarmiento.

Matilde se sentó a pensar
la manera de arreglar el problema
y como había leído un montón
de historias de brujas,
enseguida tuvo una idea excelente.
Sabía que las brujas,
además de malvadas,
eran muy envidiosas.

Al día siguiente,
Matilde acercó un taburete
a la mesa de la cocina,
se subió en él
y preparó un enorme pastel de chocolate.
Luego escribió con nata batida:
   *Esta tarta es para la más malvada*
   *de todas las brujas.*
Y lo puso en la ventana.

Al anochecer llegaron las brujas
riéndose escandalosamente.

—Mirad,
Matilde nos ha dejado un pastel
–dijo Viruela.

Las tres brujas leyeron la dedicatoria.

—Chicas, creo que el pastel es para mí
–dijo Viruela.

—Dejad de decir tonterías,
todo el mundo sabe
que la más malvada soy yo
–dijo Verruga.

—Me temo que estáis equivocadas,
sin duda se refiere a mí.
Yo soy mucho peor que vosotras
–dijo Grosera.

A Viruela se le torció la nariz.
Se puso mucho más verde
de lo que ya era
y gritó:

—¿Quién de vosotras se cree
más malvada que yo?

—Eso mismo quiero saber yo
–dijo Verruga enfadadísima.

—¡Ah, no, amiguitas!

A mí no me engañáis,
sois vosotras las que vais
diciendo por ahí
que yo no soy lo suficientemente mala.
Ya estoy harta
–se quejó Grosera.

54

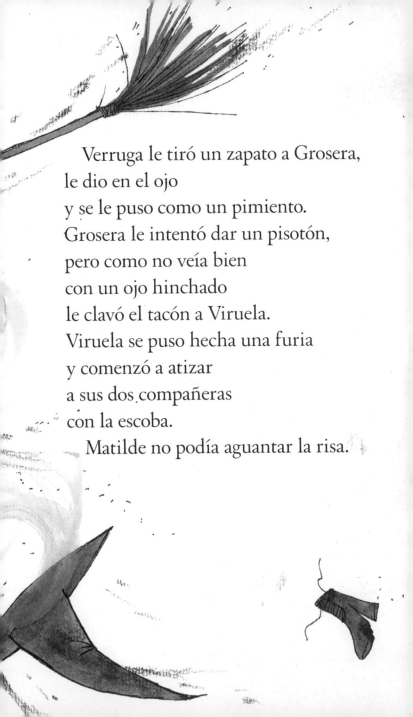

Verruga le tiró un zapato a Grosera,
le dio en el ojo
y se le puso como un pimiento.
Grosera le intentó dar un pisotón,
pero como no veía bien
con un ojo hinchado
le clavó el tacón a Viruela.
Viruela se puso hecha una furia
y comenzó a atizar
a sus dos compañeras
con la escoba.
Matilde no podía aguantar la risa.

Las brujas se estuvieron peleando
durante toda la noche.

Al amanecer,
Verruga y Grosera cogieron sus escobas
y se fueron volando,
una hacia el este
y la otra hacia el oeste.

Viruela se tuvo
que ir andando
porque se le había roto la escoba
de tanto golpear
a sus compañeras
en la cabeza.

Las brujas estaban tan enfadadas
que se habían olvidado
el pastel de chocolate
en la ventana.

Matilde se comió un buen pedazo
para celebrar
que se había librado
de las tres brujas.

A la noche siguiente,
sin brujas en la ventana,
Matilde volvió a tener
sueños azules y divertidos.

¿QUIERES LEER MÁS?

¿SI A TI, COMO A MATILDE, TAMBIÉN TE CAEN GORDAS LAS PESADILLAS Y QUIERES DESCUBRIR CÓMO UNA NIÑA INTELIGENTE SE DESHIZO DE ELLAS, NO TE PIERDAS **LAS PESADILLAS DE ADA**, la historia de una niña valiente que consigue que su pesadilla se vaya por la ventana y no regrese nunca más.

*LAS PESADILLAS DE ADA*
*Isabel Córdova*
*LOS PIRATAS DE EL BARCO DE VAPOR, N.º 52*

SI ESTÁS DE ACUERDO EN QUE LO MEJOR PARA NO PASAR MIEDO ES TENER GRANDES IDEAS Y PONERLAS EN PRÁCTICA CON INGENIO, LÉETE **GUSTAVO Y LOS MIEDOS** y te enterarás de cómo consiguió Gustavo deshacerse de todos los miedos que tenía desde que su tía le habló del bicho de la oscuridad.

*GUSTAVO Y LOS MIEDOS*
*Ricardo Alcántara*
*EL BARCO DE VAPOR SERIE BLANCA, N.º 36*

SI TE GUSTA MATILDE Y LAS BRUJAS PORQUE APARECEN BRUJAS TONTORRONAS QUE SE ASUSTAN POR NADA, NO DEJES DE LEERTE **LA BRUJA DE LA MONTAÑA**, que cuenta la historia de la bruja Alina, que tiene que aprender a conducir su escoba porque se choca contra todos los árboles del bosque.

*__LA BRUJA DE LA MONTAÑA__*
*Gloria Cecilia Díaz*
*EL BARCO DE VAPOR SERIE BLANCA, N.º 37*

Y TAMBIÉN LO PASARÁS MUY BIEN CON **SIETE CASAS, SIETE BRUJAS Y UN HUEVO,** que describe las mil peripecias que tienen que pasar siete brujas hambrientas para lograr abrir un simple huevo.

*__SIETE CASAS, SIETE BRUJAS Y UN HUEVO__*
*Gloria Sánchez*
*EL BARCO DE VAPOR SERIE BLANCA, N.º 70*